# B Ǝ c K
## Wir haben ihn Ihnen höher gelegt

für Yvonne

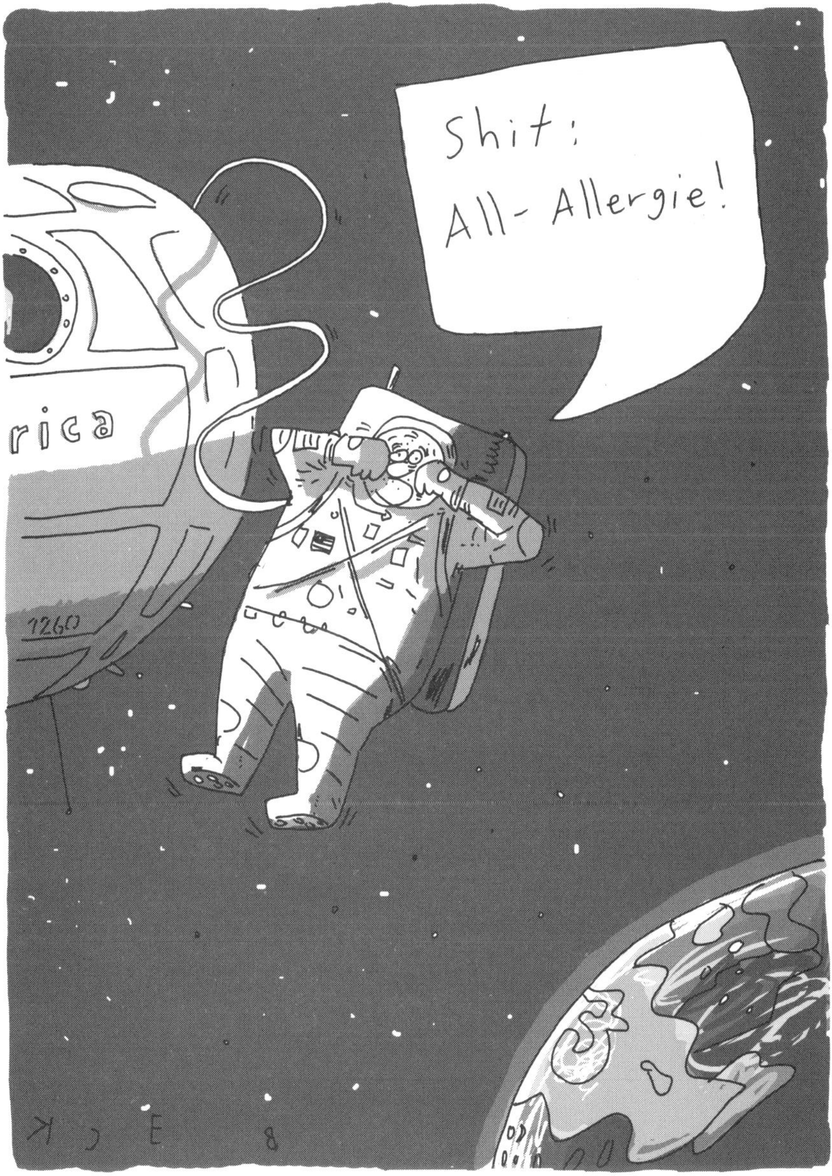
Shit:
All-Allergie!
rica
1260

Voilà, das Co2-ärmste Auto der Welt
Die eine Kiste Sprudel, die reinpaßt, schon mitgerechnet?

Ih wo, Du fällst mit Deiner Figur nicht auf ...
... jeder hält Dich für eine Wanderdüne!

Jetzt als Film: Die Bond-Anleihe (Salz, Mehl)

19.9.: Heute Disput mit Evelyn. Sie hält mir vor Monetarist zu sein, dabei bin ich Keynesianer reinsten Wassers...

# Vom Unterschied der Kulturen

## Schuhputzer indisch:

## Schuhputzer chinesisch:

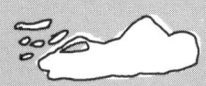

Zahnweh

Heimweh

Wegweh

Der erste Chinese auf dem Mond

„Ich würde meinen Oscar nie verleihen..."

Laß stecken, Dein Sohn hört nicht auf analoge Signale!

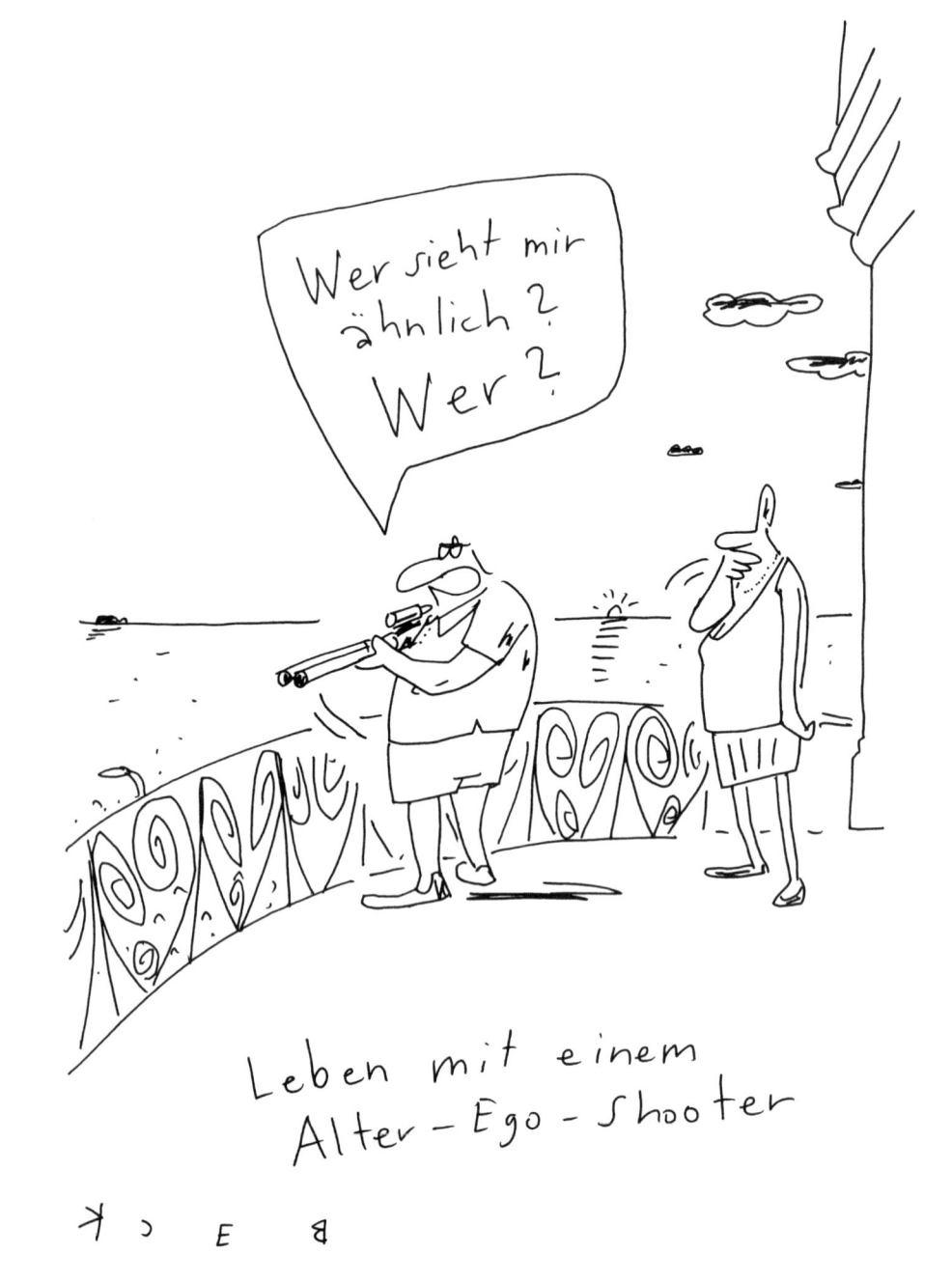


Leben mit einem Alter-Ego-Shooter

Jan Ullrich demontiert sich selbst
... aber bitte Rückstands-frei!
Sondermüll
BECK

Nur für den Fall ...

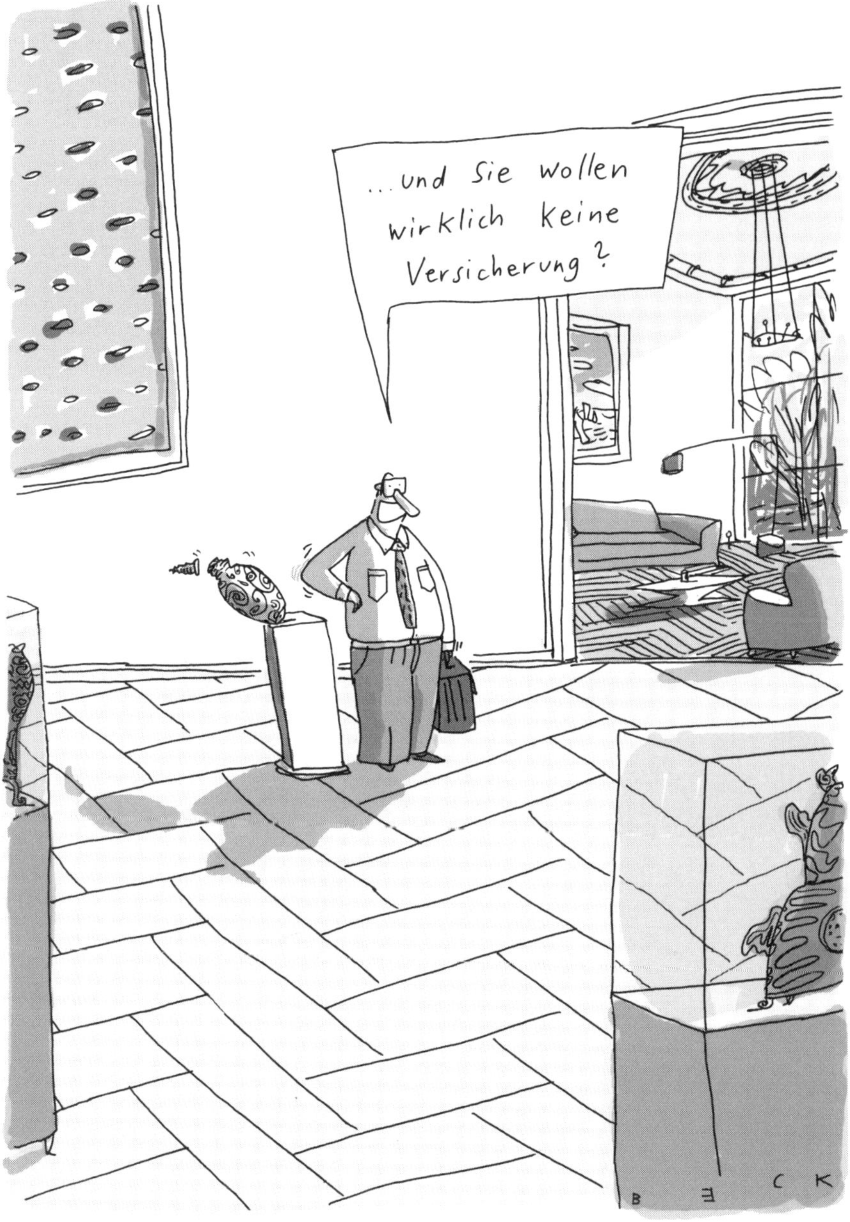
...und Sie wollen wirklich keine Versicherung?
BECK

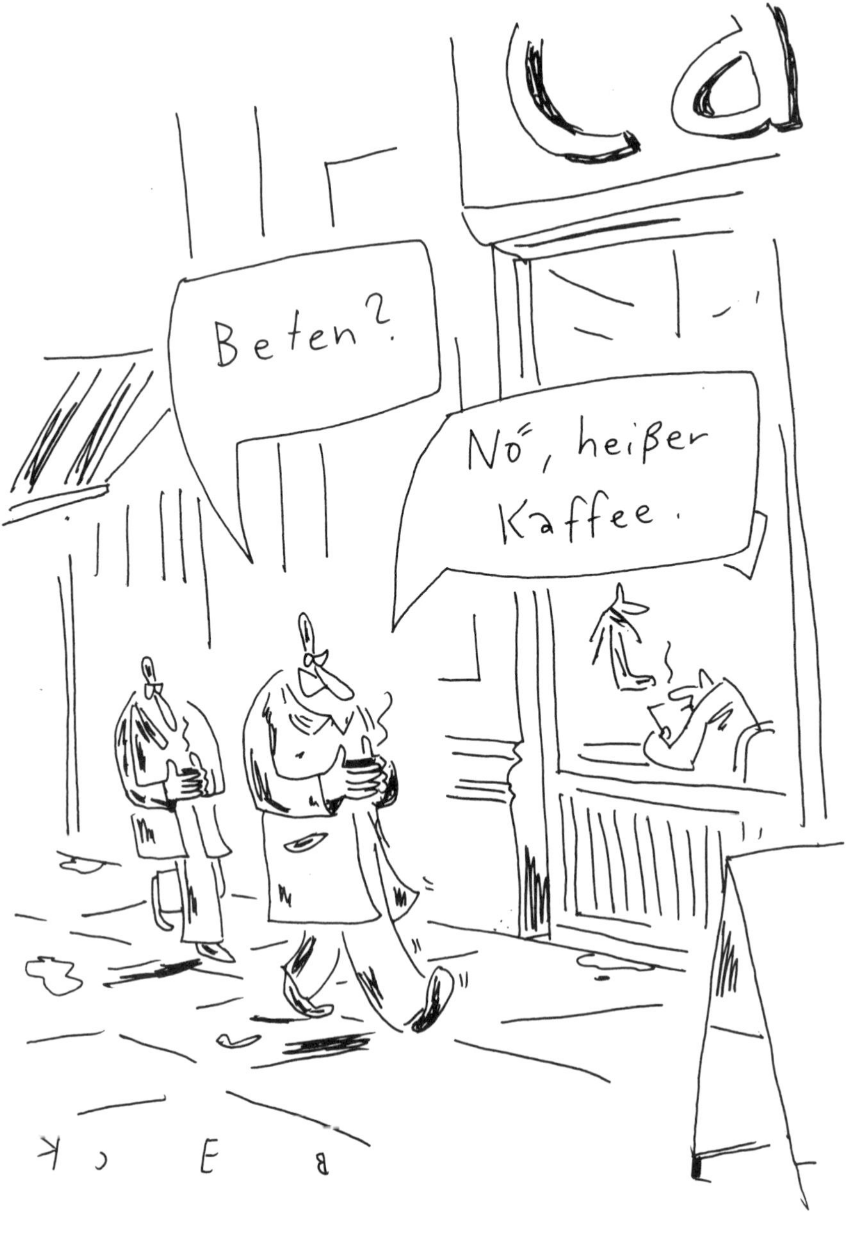
Ca
Beten?
Nö, heißer Kaffee.

...unter uns: Ich hab' Sie mir immer groß und dünn vorgestellt!
Müller

... der ÖKO-Lobby kann ich nur sagen: Unsere Modelle setzen auf ganz Ur-natürliche Tugenden.

Pferdestärke

Klimakiller CO2

# Wenn die Pole schmelzen (II)

"Italia übernimmt den Eismonopol"

# Leben auf großem Fuß

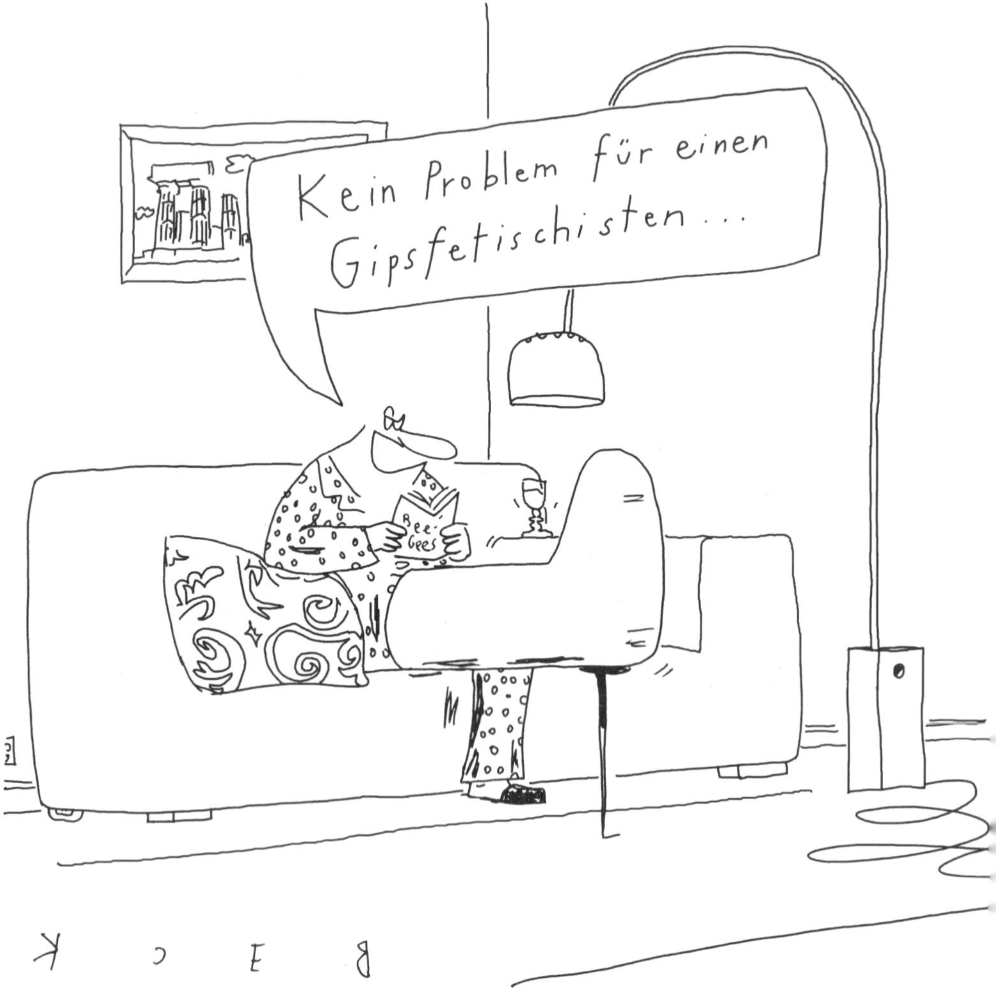

„Trockenbau", sagt sie, „wow, ein cooler Job!" „Ja" sag ich: „Den ganzen Tag abhängen!!"...

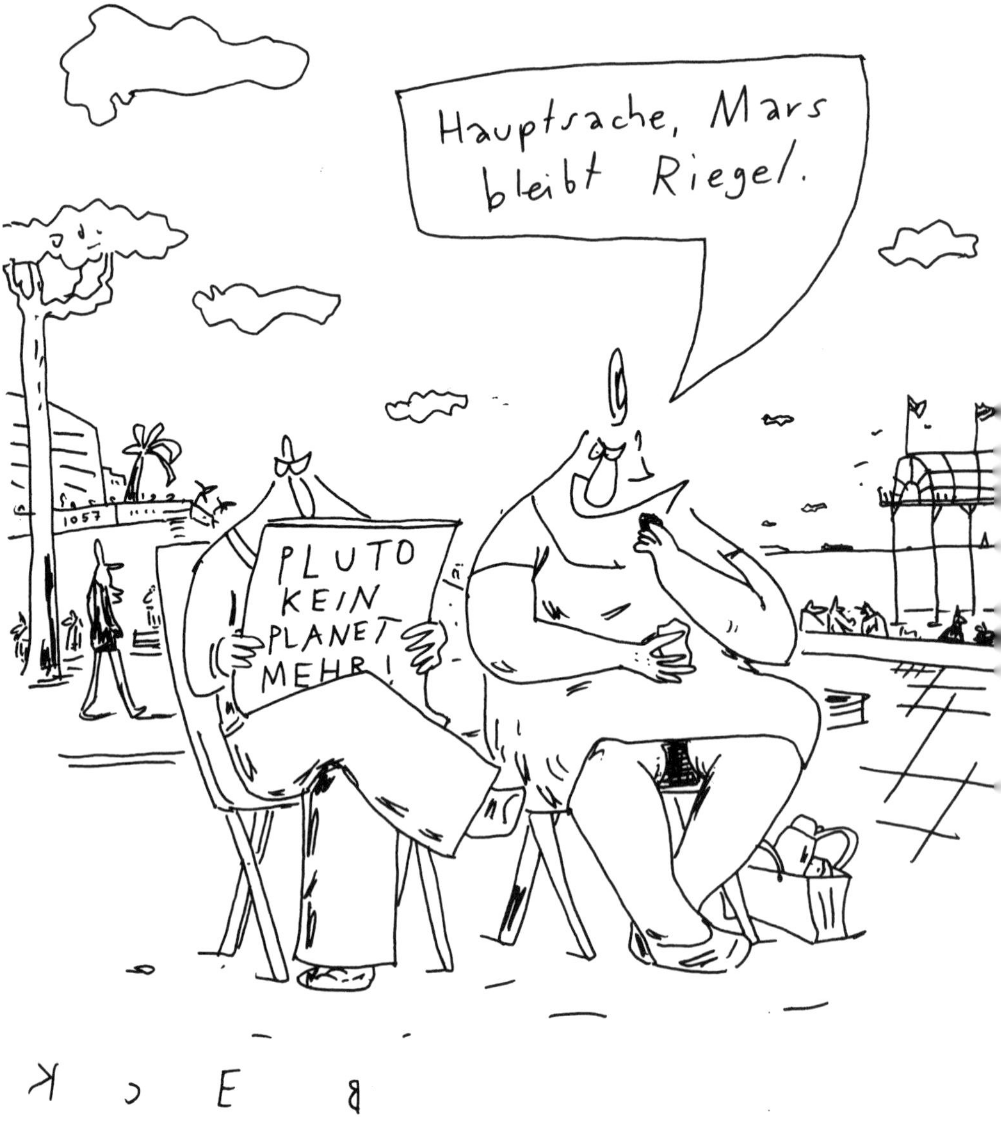
Hauptsache, Mars bleibt Riegel.
PLUTO KEIN PLANET MEHR!

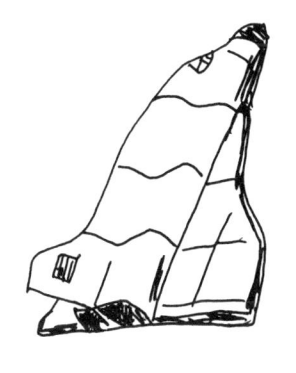

Raumfähre

Autofähre

Connyfähre

Acht im Bett?

Nö, Kreise beim Kreisverkehr

Ganz schwierig: Sex mit Leuten, die "zu nichts kommen"

Und?

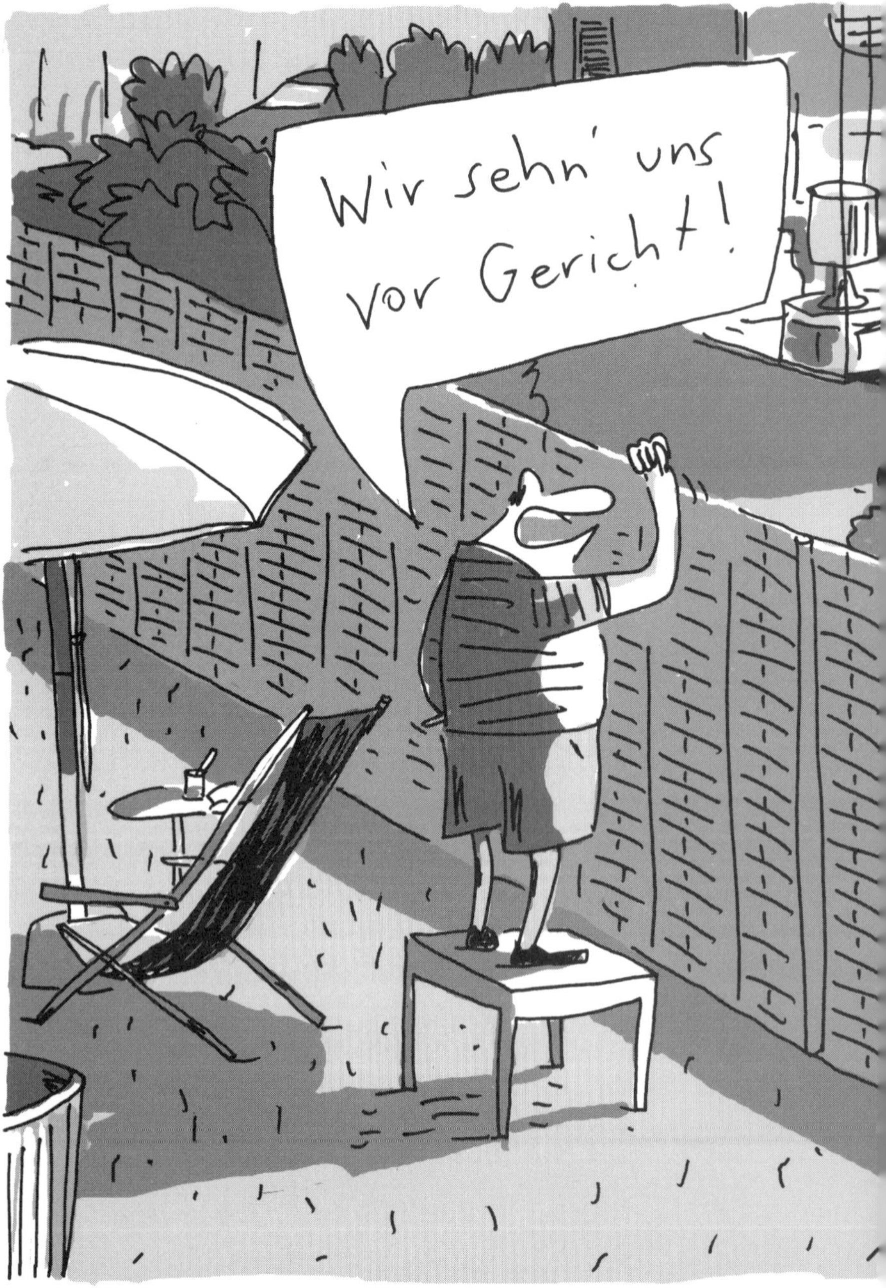
Wir sehn' uns vor Gericht!

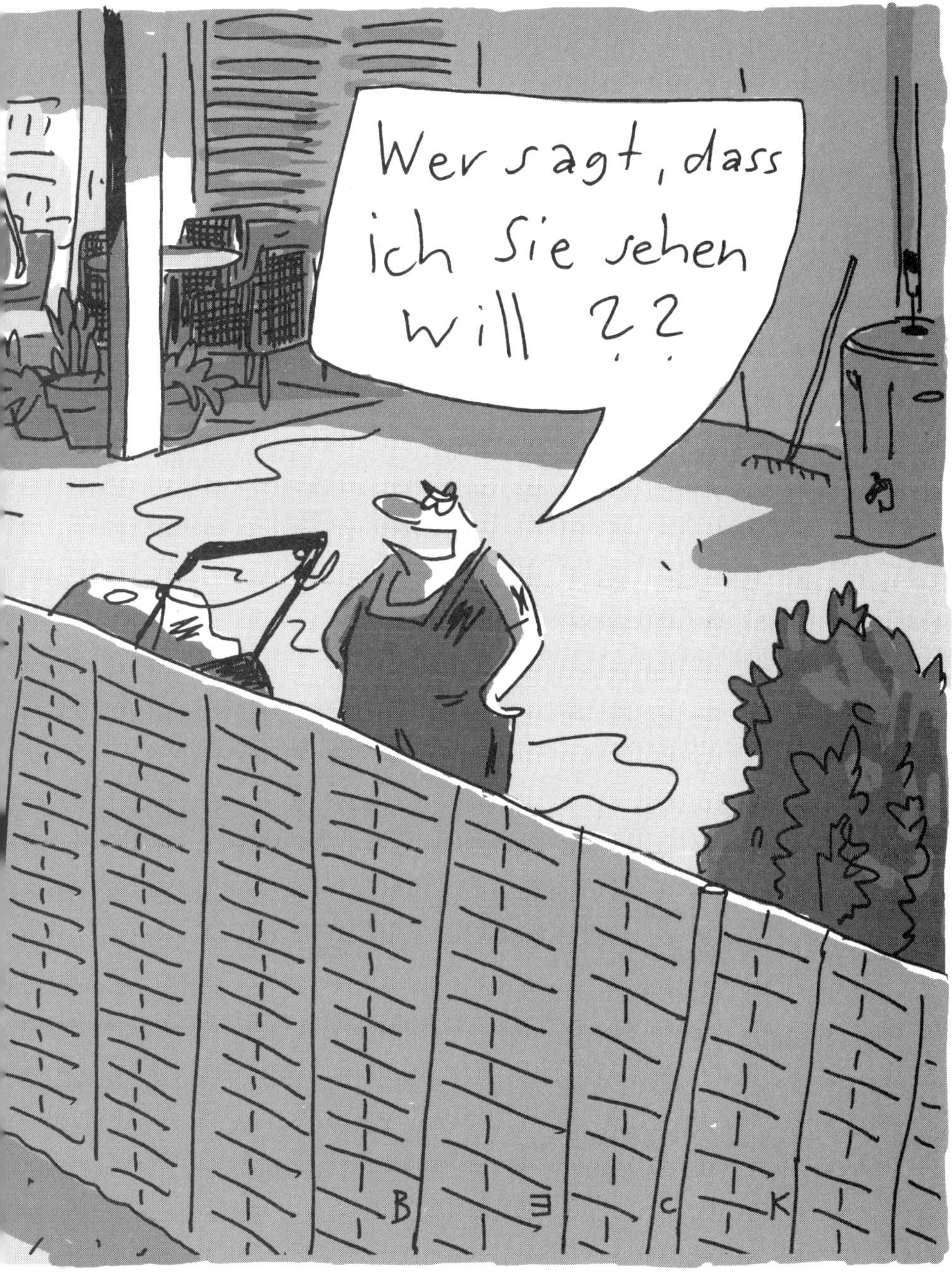
Wer sagt, dass ich Sie sehen will ??

**Augustine Thullah** kommt aus Siera Leone. Er arbeitet seit 18 Jahren als KFZ Mechaniker in einer Kreuzberger Werkstatt:

»Auf der Autobahn geraten viele Deutsche in einen Geschwindigkeitsrausch, der durchaus Ähnlichkeiten mit Trancezuständen hat.«

»Viele Deutsche können am Klang des Autos die Marke erkennen, manchmal sogar das Baujahr und noch mehr. Das erinnert mich an das Spezialwissen von Menschen aus meiner Heimat, die beispielsweise unzählige Vogelstimmen unterscheiden können.«

»Wenn neue Kunden zu uns kommen und mich sehen, fragen sie fast immer: ›Wo ist denn hier der Chef?‹ - weil sie sich eine deutsche Autowerkstatt mit einem schwarzem Chef einfach nicht vorstellen können. Ich schicke die Typen immer erstmal rüber ins Büro, aber dort schickt mein Kollege sie gleich wieder zu mir. Wir haben nämlich keinen Chef, unsere Werkstatt in Kreuzberg ist das grösste Kollektiv in ganz Deutschland.«

»Ich habe hierzulande viele Menschen kennengelernt, die in eine extreme Abhängigkeit von ihrem Auto geraten sind. Sie können ohne ihr Auto gar nicht mehr leben, sie lieben es mehr als die Kinder oder die Ehefrau. Ich nenne solche Leute ›Autokrank‹. Autokranke kann man samstags in Waschcentern gut beobachten, wie sie stundenlang die Felgen ihrer Autos polieren. In meiner Heimat wäre es undenkbar,, daß beispielsweise der Besitzer eines BMW selbst sein Auto wäscht - aber hier macht genau das vielen Leuten Spaß! Deswegen organisieren sich manche Deutsche auch in Fanclubs. Sie suchen nach Menschen, die das gleiche Auto fahren. Dann treffen sie sich auf Parkplätzen und werden Freunde.«

aus der Videoausstellung *Unser Ausland* (2002)
http://www.gesichtzeigen.de/unser_ausland/ausstellung.html
Foto: Yvonne Kuschel

Ameisenstraße

S 150
0,2
7,8

H 150
0,4
7,8

> Gute Nachrichten: Sie sind ab sofort nicht mehr „Arbeitslose" — Sie sind jetzt „Arbeitskraftreserve". Und nun gehen Sie nach Hause und freuen sich bei einer schönen Tasse Tee....

Merkel-Deutschland denkt wieder positiv!

To the Hanging Gardens of the Semiramis
(one of the 7 Wonders of the World)
To the hanging corners of Miss Schmollkes * mouth
*(our German staff)
PUBLIC CONVENIENCES
TOILETTEN
MAN SPRICHT DEUTSCH
BECK

Also ich finde Deinen neuen Rasenmäher etwas übertrieben für 10 m² Garten

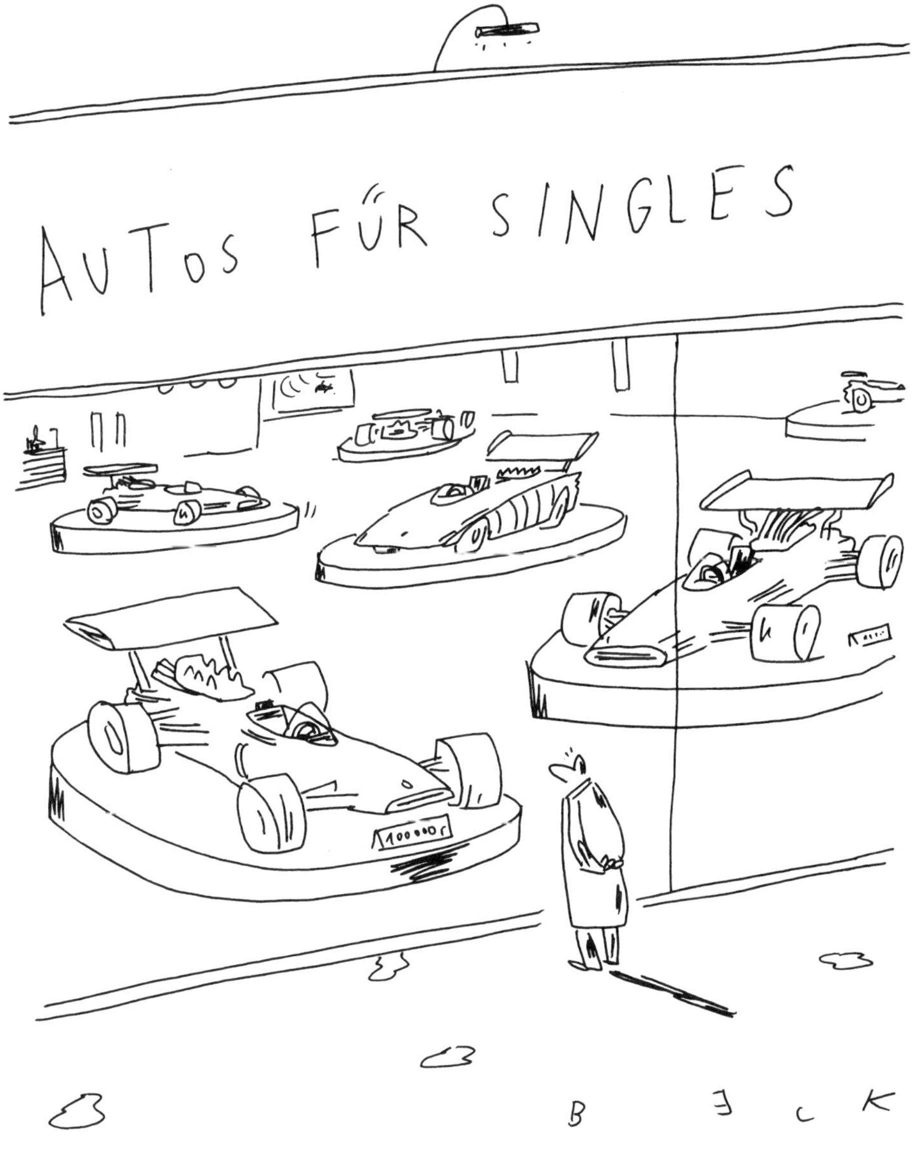
AUTOS FÜR SINGLES
BECK

"Falsch verbunden."

Ex Telefonistin

Könnten wir einmal den Gipskarton ganz normal zerteilen?
Umgeschulter Ex-Rocker

© für die Cartoons: BECK
© 2007 MaroVerlag, Augsburg

www.schneeschnee.de
www.maroverlag.de

Druck: Marodruck, Augsburg
ISBN: 978-3-87512-799-7

© für die Cartoons: BECK
© 2007 MaroVerlag, Augsburg

www.schneeschnee.de
www.maroverlag.de

Druck: Marodruck, Augsburg
ISBN: 978-3-87512-799-7

Umgeschulter Ex-Rocker